Le visiteur de l'espace

Stéphane Descornes • Mérel

Rachid le timide

Mélanie la chipie

Pacha le chat

Pascale la géniale

Arthur le gros dur

Es-tu prêt pour une nouvelle aventure ? Eh bien, commençons !

Ah, j'y pense : les mots suivis d'un ☼ sont expliqués à la fin de l'histoire.

- 1 -

Ça alors ! Une soucoupe
volante vient de tomber
dans le jardin !

Il en sort un petit bonhomme vert.
Apeuré, il se met à courir
dans tous les sens, en poussant
des cris bizarres.

Le visiteur de l'espace

Arthur s'approche et veut le rassurer :

– Qui es-tu ? Calme-toi ! Nous allons…

Le visiteur de l'espace

Mais l'extraterrestre lui envoie un rayon… qui change Arthur en une grosse banane !

Le visiteur de l'espace

L'extraterrestre se sauve dans les rues.

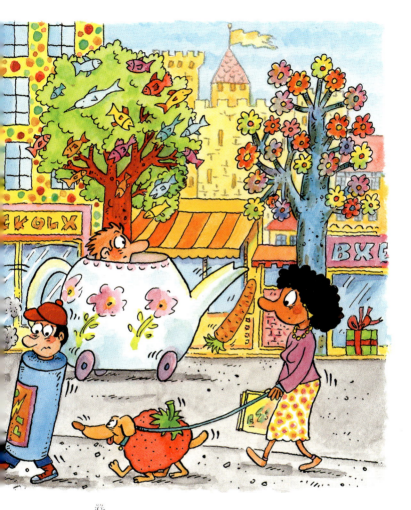

Paniqué, il lance des rayons
et transforme tout ce qui bouge.
– Vite, il faut l'arrêter ! crie Rachid.

Le visiteur de l'espace

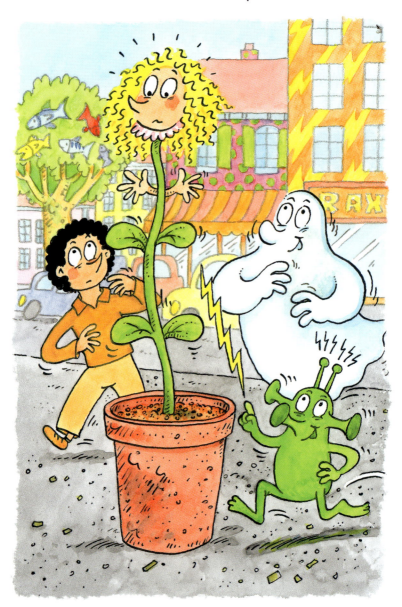

– Hi, Hi, Hi ! rit Mélanie. C'est rigolo !
Mais l'extraterrestre revient vers elle et la change… en pot de fleurs !

Tu veux connaître la suite de l'histoire ? Alors, suis-moi…

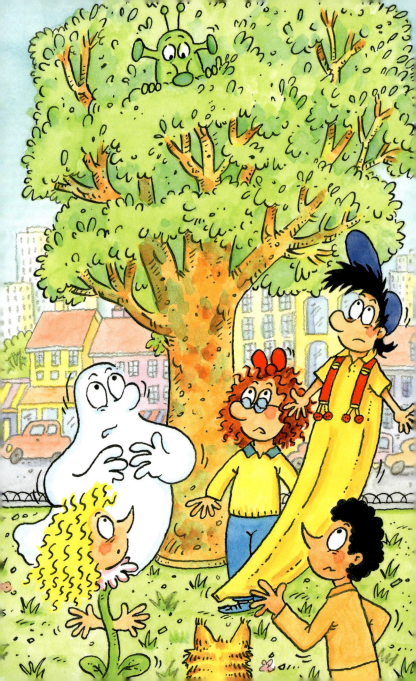

– 2 –

Gafi et ses amis rattrapent enfin l'extraterrestre, qui s'est perché en haut d'un arbre !

Gafi lui parle dans une langue étrange :
– Nous sommes tes amis ! Nous voulons t'aider !

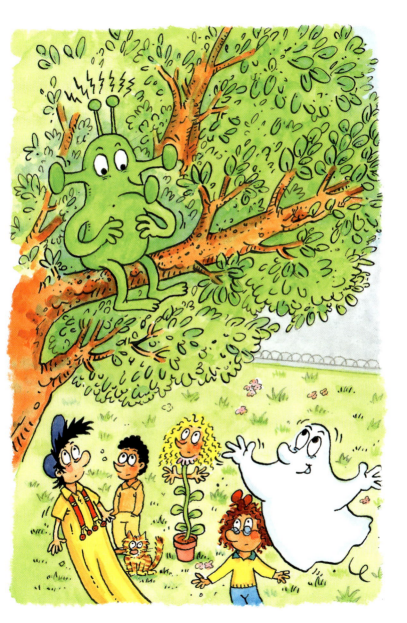

Le visiteur de l'espace

Le petit bonhomme est rassuré.
Il descend de l'arbre.

Gafi l'aide à réparer ses bêtises,
et tout redevient comme avant.

Le visiteur de l'espace

Dans le jardin, Pascale a réparé
la soucoupe volante.

– Rien de grave ! dit-elle. C'était juste une petite panne !

L'extraterrestre est ravi.
Pour remercier tout le monde,
il fait tomber une pluie de fleurs.
Mélanie applaudit :
– Comme c'est gentil !

Le visiteur de l'espace

Bien vite, leur nouvel ami remonte dans sa soucoupe et s'envole.
Mais… il pleut toujours des fleurs…

Gafi transforme les fleurs en cadeaux.
Ouf ! on l'a bien mérité !

c'est fini !

« Certains mots sont peut-être difficiles à comprendre. Je vais t'aider ! »

Soucoupe : mode de transport qui sert aux extraterrestres à se déplacer. Une soucoupe est aussi un dessous de tasse.

Rassurer quelqu'un : rendre la confiance, la tranquillité à quelqu'un.

Extraterrestre : créature qui habiterait une autre planète que la Terre.

Paniqué : qui a vraiment très peur.

As-tu aimé mon histoire ? Jouons ensemble, maintenant !

Timbré !

De retour sur sa planète, B3Y l'extraterrestre envoie une carte postale à Gafi et ses amis. Mais B3Y est farceur : il a codé le message ! En t'aidant du code, déchiffre le courrier.

cadeau rouge = A ; cadeau jaune = E ; cadeau bleu = I ; cadeau vert = O ; cadeau violet = U ; cadeau rose = Y

réponse : Salut les amis ! Je suis rentré à la maison. Merci pour votre aide. À bientôt ! B3Y

Qui fait quoi ?

As-tu bien lu ? Rends à chaque personnage
ce qu'il fait ou ce qui lui arrive dans l'histoire.

a
transforme tout ce qui bouge

b
a réparé la soucoupe volante

c
parle dans une langue étrange

d
est changée en pot de fleurs

Gafi

Mélanie

Pascale

l'extraterrestre

réponse : a- l'extraterrestre ; b- Pascale ; c- Gafi ; d- Mélanie

Joue avec Gafi

Le roi des farces

Pascale est la nouvelle victime d'une farce de l'extraterrestre ! À toi de deviner en quoi il l'a transformée !

réponse : Pascale a été transformée en tuyau d'arrosage : tu as vu, elle a gardé ses lunettes et sa barrette !

Comme deux gouttes d'eau !

Le même mot veut parfois dire deux choses très différentes ! Trouve les deux images qui désignent le même mot.
Exemple : la soucoupe volante et la soucoupe sous la tasse.

réponse : le feu de circulation et le feu de bois ; les sœurs jumelles et les jumelles de l'espion ; l'éclair au café et l'éclair de l'orage.

Dans la même collection
Illustrée par Mérel

Je commence à lire

1- *Qui a fait le coup ?* Didier Jean et Zad • 2- *Quelle nuit !* Didier Lévy • 3- *Une sorcière dans la boutique*, Mymi Doinet • 4- *Drôle de marché !* Ann Rocard • 15- *Bon anniversaire, Gafi !* Arturo Blum • 16- *La fête de la maîtresse*, Fanny Joly • 23- *Gafi et le magicien*, Arturo Blum • 24- *Le robot amoureux*, Stéphane Descornes • 29- *Une drôle de robe !* Elsa Devernois • 30- *Pagaille chez le vétérinaire !* Stéphane Descornes • 35- *Le nouvel élève*, Anne Ferrier • 36- *Le visiteur de l'espace*, Stéphane Descornes • 41- *Le ballon magique*, Stéphane Descornes • 42- *SOS, dauphin !* Anne Ferrier

Je lis

5- *Gafi a disparu*, Didier Lévy • 6- *Panique au cirque !* Mymi Doinet • 7- *Une séance de cinéma animée*, Ann Rocard • 13- *Le château hanté*, Stéphane Descornes • 19- *Mystère et boule de neige*, Mymi Doinet • 20- *Le voleur de bonbons*, Didier Jean et Zad • 26- *Qui a mangé les crêpes ?* Anne Ferrier • 31- *Le passager mystérieux*, Françoise Bobe • 32- *Un fantôme à New York*, Didier Lévy • 37- *Des clowns à l'hôpital*, Françoise Bobe • 38- *Gafi, star de cinéma !* Didier Lévy • 43- *Le chat du pharaon*, Mymi Doinet • 44- *En route pour l'espace !* Stéphane Descornes

Je lis tout seul

9- *L'Ogre qui dévore les livres*, Mymi Doinet • 10- *Un étrange voyage*, Ann Rocard • 11- *La photo de classe*, Didier Jean et Zad • 12- *Repas magique à la cantine*, Didier Lévy • 17- *La course folle*, Elsa Devernois • 18- *Sauvons Pacha !* Laurence Gillot • 21- *Bienvenue à bord !* Ann Rocard • 22- *Gafi et le chevalier Grocosto*, Didier Lévy • 27- *Qui a kidnappé la Joconde ?* Mymi Doinet • 28- *Grands frissons à la ferme !* Didier Jean et Zad • 33- *Les chocolats ensorcelés*, Mymi Doinet • 34- *Au bal costumé*, Laurence Gillot

**Directeur de collection et conseil pédagogique :
Alain Bentolila
Jeux conçus par Georges Rémond
avec la participation de Hélène Daveau**

© Éditions Nathan (Paris-France), 2008
Loi n°49-956 du 16 juillet 1949
sur les publications destinées à la jeunesse
ISBN 978-2-09-251970-7
N° éditeur : 10178836 - Dépôt légal : mai 2011
Imprimé en France par Loire Offset Tiboulet à Saint-Etienne